KB036402

회색빛 베어지다

b판시선 026

박선욱 시집

# 회색빛 베어지다

도서출판 b

실로 25년 만에 네 번째 시집을 묶는다. 해묵은 노트를 들여다보다 덮곤 했던 일들을 비로소 마무리 짓는 감회가 없을 수 없다.

돌이켜보니 낡고 해진 것들을 오래 짊어지고 왔다. 반성하고 반성할 일이다. 더딘 발걸음이지만 내 앞에 놓인 길을 멈추지 않고 걸어가야겠다. 여름이다. 눈부신 초록에 눈을 맞추련다.

이 시집을 지난해 돌아가신 어머니 영전에 바친다.

2018년 여름 토지문화관에서
박선욱

제1부

# 부용 芙蓉

별빛만 보면 안다 언제든 수면 위로 떠오르고자
얼마나 많은 순간 견뎌냈는지

기나긴 가뭄 불볕 형벌
늦장마와 홍수로도 어쩌지 못한
안으로 차오르던 네 울음

소쩍새 피나게 울던 밤
서늘한 바람결에 풀어놓던 그리도 영글던 노래를

별빛만 보면 안다 뻘투성이 늪 벗어나고자
타는 가슴 얼마나 많이 눌러왔는지

별빛만 보면 안다 오랜 기다림의 절정에서 피어나
마침내 빛으로 터져 나오는 신새벽
눈부신 향내를

# 나팔꽃

며칠째 비가 내렸습니다 천둥번개 번갈아 침상에 내리
꽂히고
바람은 모질게 창문 두드려댔습니다
그날 밤 현관께에서 문짝 후벼 파는 소리가 들려왔습니다

산마루 구름이 호수 위 지날 때 그림자 오롯이 물에 젖는
소리
땅 밑 흐르는 깊은 샘물 슬몃슬몃 소나무 흰 뿌리 휘감고
도는 소리

환청인가 하여
언젠가부터 공연히 창문께로 가서 사방 휘둘러보는 버릇이
생겼습니다
때로는 달빛 없는 마당에 서서 컴컴한 하늘 올려다본 적도
있었습니다
마음 가라앉지 않는 날이면 현관 앞 베란다에 줄지어 선
작은 풀들
가만가만 쓰다듬어줄 때도 있었습니다

치렁치렁 이어지던 불면의 밤
풀여치보다 가늘고 명주실보다 곱디고운 그 소리
자박자박 지나 맑게 갠 날
아내와 아이의 배웅 받으며 출근 서두르는데
별안간 현관께를 우렁우렁 뒤흔드는 소리

반가운 마음에 왈칵 문 여니

붉은 담장 위 솟구쳐 오르는 힘찬 나팔 소리
아침 햇살 아래 분홍빛 흩뿌려지는 소리

# 목포의 동백 冬柏

동백아
네 귀는 원래가 평평하였다지
빛깔도 처음엔 붉지 않았다지
네 앞에서 사랑을 맹세한
가난한 어부 내외가
정성스레 너를 가꾸어줄 때까지는

어느 바람 거센 봄날
폭풍우 속 지아비의 배 뒤집히고
뱃고동 소리마저 물너울 속 스러진 날
동백아
네 귓바퀴는 붕대마냥 감겼다지
네 귓불엔 타는 노을 가라앉았다지

이튿날 날아온 도요새 한 마리,
부러진 노와 함께 떠다니던
지어미의 검정 고무신 한 켤레
그 속에 고인 눈부신 물 한 모금

동백아,
네 꽃잎 위에 울컥 쏟아놓고부터

그 뒤로 해마다 봄이 되면
동백아 너는 유달산 치맛자락마다
뜨거운 눈물
지천으로 흩뿌려 놓는다지

# 수구암守口庵 마당에서

고령산 아래 묵언수행 중인 수구암에 들렀다
툇마루 걸터앉아
마당 한중간 오래된 나무 한 그루 바라보는데
별안간
바람이 자취도 없이 와서 절집 문 여닫는다

바람은
마당에 서 있는 밤나무
그 아래 수북이 떨어진 낙엽
가만가만히 쓸어 올린다
둥그렇게 손바닥 모아 깔때기마냥 비틀어대며
순식간에 회오리진다
지구의 자전축과 같은 각도로
아니 그보다 훨씬 변화무쌍한 각도로
위로 갈수록 짜리처럼 벌어져
후르르 후르르 맴돌며 올라간다
마당에서 누가 팽이를 돌리듯이
보이지 않는 손으로 누가 채를 치듯이

이리저리 휩쓸리는 낙엽

밤나무 굵은 둥치 옆에서 경중경중 뛰는 듯

수구암 지붕 위까지 훌쩍 날아올라

한껏 커져서 위태로울 무렵 허공중에 속절없이 놓아버린다


팽이도 없이 채도 없이 말아 올려진 낙엽들

마당에 다시 떨어져 쌓이는 동안

나그네 머무는 방 앞에 자취도 없이 다시 또 와서

문 여닫는 바람

때 없이 찾아와 마당에서 솟구치다가

내 가슴속으로 휘몰아쳐 들어온 저 바람은

소용돌이치며

내 어깨를 짚었던 따스한 손길은 누구의 것인가

# 라일락


어느 봄날
너는
보랏빛으로 서서
투명한
향기 뿌린다

담장 위를 지나는
고양이

치켜세운
꼬리에만 닿아도
맑은 웃음
하릴없이
부서져 내린다

# 산세비에리아꽃

작은 잎 몇 장 처음 화분에 심을 땐 늘 눈길 머무르곤 했다
조그만 속잎 새로 피어날 땐 손뼉을 쳐주었다
누렇게 시든 잎 찢어서 버릴 때는 가슴 한구석 시큰했다
하늘 시커멓게 물들어 우르르 쾅 벼락 내리치고
천지 분간 못하는 캄캄함 속에서 폭설 내릴 때도 있었다
너는 묵묵히 네 푸른 잎들 한 칸씩 늘려 나갔다
며칠 전 옆구리 들썩, 진초록색 길쭉길쭉한 꽃대 안에서
너는 폭죽처럼 터져 나왔다
가늘고 하얀 별 모양으로 피어나는, 피어나며 도르르 말리는
너를 보며 하루 종일 귀 멍멍히 보냈다
열대우림과 초원 어드메 고향 떠나와
머나먼 극동아시아 한 귀퉁이 둥지를 튼 네 꽃말은 관용
천년란이라는 고상한 이름조차 안으로 여민 채 너는
그저 우리 집 식구가 되어주었다
가끔은 아침저녁으로 뿜어주는 네 숨결 보인다
아기 살결처럼 부드럽디 부드러운 은빛 우주
때때로 나는 너의 궤도를 떠도는 초록 행성이 된다

# 하늘

방금, 비행기 지나간 자리
가느다란 구름길 뻗어나간 자리
부푼 바람 안고 연 걸린 자리
논벌 가로질러 기찻길 휘어드는
먼 산 몇 겹으로 옅어지는 자리
하는 일이 잘 안 될 때
원망 섞어 흘겨보는 자리
비지땀 흘리며 이루려던 일 틀어질 때
고함지르며 삿대질하던 자리
애틋한 사람과 헤어진 뒤
방울방울 눈물만 가득 고이던 자리
애타게 바라던 일 이루어질 때
기쁨으로 심장 터질 듯하던 자리
지난 기억들 갈무리하며
터벅터벅 걸어가야 할 자리
빗줄기 쏟아져도 눈보라 휘날려도
거센 바람 온 세상 티끌로 날려버려도
끝내 거울처럼 닦으며 닦으며

온몸으로 가야만 할 자리
지친 하루 끝에 무지개가 뜨기를
바라고 바라며 두 손 모으는 자리
구멍 뚫린 가슴 위로 별 하나 떠서
어두운 골목 구석구석 비춰주기를
남 몰래 맘 졸이며 눈 맞추는 자리

# 회색빛 베어지다

강가에 휘늘어진 수양버들
가느다란 가지 위에서 밑으로
뚝뚝 떨어지는 초록 빛줄기
오늘 비로소 눈부시다

춘분 지나도록 앙상한 나목으로 서 있더니
어느 틈에 돋아난 뾰족한 새순
화살처럼 쏘아져 무겁게 드리워진 잿빛 세상
새로운 광채로 날카롭게 쪼개고 있다

시간의 부스러기 언 강 속으로 흘러갈 때
찬바람에 긴 머리칼 풀어헤치고
밑동이며 줄기 새까맣게 말라가던 수양버들
겨우내 땅속 뿌리 어딘가 우물을 파고
깊은 봄 퍼 올리느라 흘린 땀방울
얼음 녹을 때 가지 끝에 맺혀
새하얀 기지개 켜고 있으니

오늘 비로소 눈부시다
강가에 휘늘어진 수양버들
가느다란 가지 끝에서 끝으로
서리서리 역류하는 초록 빛줄기

# 혀

때때로 가시가 되고
때로는 다른 사람의 눈에 박혀
피눈물 맺히게 하고
세상의 관절마다 파고든 그것들이
녹슬어 빨갛게 될 때까지
아무도 멈추지 않는다
딱 한번
사랑할 때만 빼고

# 누에의 꿈

고치 속 누에는 등이 간지럽다
희디흰 고치는 아늑한 보금자리
그 속에서
언젠가부터
부드럽게 주름진 배와 살곰살곰 돋아나는 발과
등 깊숙이 감추어진 여러 겹 날개 자리가 간지럽다

희디흰 고치는 작은 방
깊은 잠에 빠져도 괜찮은 세상의 배꼽
언젠가 명주실처럼 풀어질지라도
아직은 질긴 탄력 올올이 짜인
고치 속 누에는 등이 간지럽다

꼬물꼬물 발이 생기고
어깻죽지에서 날개 돋아나는 날
고치는 아늑한 방이 아니라
박차고 나가야 할 껍질
한껏 펼칠 날개를 위한 출구

하늘 높이
훨훨 날아야 할 공간의 한 지점

우주의 중심을 향해
부드러운 날갯짓 예감하느라
고치 속 누에는 벌써부터 등이 간지럽다

# 조가비

이슬비에 젖는
단단한 조가비
그 속에
내 지나온 반생을 돌돌 말아
집어넣는다
조금도 아깝지 않다

# 나를 막아서는 것

가끔은 어느 풀숲에서 툭, 하고 발길 막아서는 것이 있다
가끔은 어느 길섶에 금 그어놓고 가슴 밀어내는 것이 있다
그것은 데퉁스러운 낯짝이거나
녹슨 철조망이거나
보이지 않는
보이지 않는 유리벽이거나
그도 저도 아니면
스스로 무력감에 빠진 그림자
천 길 낭떠러지 혹은
까마득한 벼랑 끝
삶과 죽음이야 버선목 안팎이라지만
내 텃밭 짓밟는 놈과 사납게 싸우다가도
가끔은 아무것도 아닌 팻말을 보고도
더 이상 나아가지 못하고
가끔은 히죽 웃는 장승 앞에서도
걸음 멈추고
멈추면서 가위눌리고
가위눌리면서 그저 허우적댈 때가 있다

하지만 그럴 때마다 변명해서는 안 될 것이다
가끔은 어느 풀숲에서 툭, 하고 발길 막아서는 것이 있다고
가끔은 어느 길섶에 금 그어놓고 가슴 밀어내는 것이 있다고
이따위로 말하지 말고 박 터질 때 터지더라도
그것들을 온몸으로 온몸으로 무너뜨리며
피투성이로 나아가야 하지 않겠는가

제2부

# 동해 해돋이

저 바다 기슭 고운 모래밭
천년을 두고 달려온 해무$^{海霧}$

물새들 나래 접는 저물녘이면
산 같은 물너울로 일렁이다가
온밤 내 꿈도 없이 뒤척이다가
뼛속까지 차가운 울음 삼키더니

소라고둥마저 다 잠든 새벽녘
빈 하늘
붉은 햇덩이
투명한 가슴에 가만히 담아낼 즈음

타는,
마침내 바람결에 토해내는
저 해송$^{海松}$ 위 오랜 그리움
그대 향한 길고 뜨거운 노래

# 나비의 꿈

리모키가 먹통이다
바위처럼 꿈쩍하지 않는
자동차 문
단추를 여미고 풀듯이
늘 돌리던 손잡이도
오늘따라 차갑다
낯선 풍경이다
배터리가 어긋난 것은

나는 방전될 때가 없었나
라이트 켜 둔 채
내버려 둔 적 없었나
무슨 엄청난 일도 아니면서
천연덕스레 돌아선 적 없었나
몇 시간 뒤 혹은
이튿날에야 화들짝
뉘우침과도 같이 파고드는
아찔한 날들 없었나

푸스스 꺼질 듯 등줄기 스치는
미닫이 덜 닫은 듯한 미진함
발끝에 묻어오는 소슬함만큼이나
갈빗대 후벼 파며 몰려오는
텅 빈 순간들 없었나
철컥, 부룽, 부르르르릉
긴급 출동 요원이 시동을 걸자
비로소 옆구리에 날개가 돋아난다

# 이 살가운 봄날에

5월은 사랑이다
가장 여린 진달래 꽃잎으로부터 서서히 한 세상 열린
떨리는, 숨 막히는 사랑이다
그날 누가 이 연분홍 살결에 금을 그었는가
누가 이 가녀린 숨결에 화약 내음 터뜨렸는가
그날 조선 여인네 버선코마냥 은은한 햇살 눈부셔
더욱 가슴 저리던 봄날
무너져 쓰러지던 건 누구였나
망월동 언덕에 핀 한 떨기 망초꽃이었나
금남로 휘돌아 핀 금잔화였나

아니다 다시금 돌이켜 또 생각해도
그날 허리 꺾여 무참히 무너지던 건 우리가 아니다
화순 너릿재 지나 물밀듯 치달아오던
저 머나먼 어두움이다
입 벌리고 지쳐오던 사나운 먹구름이다
승리에 환호작약하던 그 미친, 미친 광풍이다
그들은 우리를 제압했다는 기쁨에 들떠

헛웃음을 웃어젖혔으나
자세히 보면 아주 자세히 들여다보면
우리가 끝내 쓰러져 묻혀버린 게 아니다
그날 무참히 무너지던 건
학살의 추억에 젖어 눈 희번득이던 그들이다

흰옷 입은 목련들 정결히 서 있는 이 살가운 봄날
문득 그날의 일 떠올려보니, 붉은 꽃 연분홍 노래
순결한 대지에 흩어지던 그날은 바로
대지의 자궁에 씨앗을 심는 거룩한 파종의 날이었음을
해마다 되돌아오는 대지의 수레바퀴
그 속에서 활활 타는 샛노란 개나리 불붙는 진달래를 보며
문득 가슴 치며 깨닫는다
5월은 사랑이라고
그리하여 아직도 어둡고 그늘진 곳 불 지펴야 할
붉디붉은 사랑이라고

# 나그네

외롭고도 쓸쓸한 일들이
낙엽처럼 밟힌다
바짓가랑이 사이로

# 바라건대

안 된다고 고개 저으며
좌절하는 사람에게는
지혜와 위로와 돈보다도
뼈를 심어줄 것
무너져 내리는 마음에 뼈를 넣고
일으켜 세울 것
주저앉으면 까마득히 높아지는 하늘
일어서면 성큼 다가서는 하늘
그 작은 차이가 세상이다
눈감고도 바라는 모양 그려낸 뒤
가슴속 심지에 불을 댕길 것
온밤 다하도록 불 밝혀
새벽 강을 건널 것

# 대영박물관에서

이렇게 남의 역사를 통째로 가져올 수도 있구나!

# 귀틀집

마음 가난한 사람들 두엇
가을 나들이 가서
황토 흙 구들장 위 나란히 누웠다
강원도 두메산골에서 베어왔다는
통나무 기둥과 대들보를 보며
새벽녘까지 못다 한 이야기는
바람벽에 이겨 넣고
멀리 소쩍새 소리에 고개 돌릴 때
담양 왕대나무로 마감질 한 천장에서
밤새 죽비 소리가 났다
너는 어디서 왔느냐고
너는 어디로 갈 거냐고
너는 무엇을 바라 지금껏
머나먼 길 걸어왔느냐고
넘어지며 쓰러지며 비틀거리며
굽이굽이 고갯길 휘돌아 난 길
이마에 흐르는 땀 닦을 새도 없이
절며 절며 남루한 가방 둘러멘 채

하염없이 왜 가느냐고
딱 따악 딱 따악
먹물처럼 스며드는 밤의 심연에서
마음 가난한 사람들 두엇 나란히 누운
황토 흙 구들장 울리며
밤새 시퍼런 죽비 소리가 났다

# 굴레에 대하여

마음의 고삐를 놓자
생각의 갈피 또한 가다듬지 말자
붉은 글씨로 틀린 글자 바로잡으며
파란 펜으로 엉망이 된 문장 갈아엎고 새로 이으며
시작할 땐 원두커피 한 잔의 그윽함으로
끝날 땐 무말랭이처럼 노곤하게
머릿속에 떠오르는 건 묵정밭의 돌자갈뿐
더 이상 경쾌한 화음 들리지 않는다

스러지는 곳에 눈길 주지 말아야 한다
끝없이 저물어가는 노을에 대고
낭만의 음률 띄우지 말아야 한다
다만 여울져 흐르는 날들 탓하지 말고
속절없이 파란 하늘만 흘겨보지 말고
내 삶의 밭고랑마다 씨앗을 심어 두어야 한다
언젠가 파릇한 싹이 돋는 그날을 위해

# 무지개

내가 나를 절구통에 넣어 절굿공이로 찧어댄다면
나는 아마 네댓 말쯤 되는 고통으로 몽글몽글 빻아질 것이다

내가 나를 함지박에 담아 한 소쿠리로 걸러낸다면
나는 아마 두어 말쯤 되는 슬픔으로 광주리에 담길 것이다

내가 나를 키에 옮겨 담아 가는 체로 거듭 걸러낸다면
나는 아마 한 됫박쯤 되는 눈물로 양동이에 부어질 것이다

내가 나를 모닥불 위에 올려놓는다면
아마 나는 형체도 없이 연기로 피어올라 훌쩍 건너뛰고
말 것이다

이 세상 끝에서 저 세상 끝까지

# 왕릉을 바라보며

한 잔의 차를 마시며 새소리 듣는다
찻잔 속에 한 사내가 보인다
늘 찬란한 햇빛 꿈꾸던 눈망울
언제나 밝은 세상 바라던 이마
가슴 푸근한 노래가 되고 싶었던
순간들이 찻잎에 싸여 있다
맑은 새 울음소리에
찻잔이 잠깐 흔들린다
차의 파문波紋이 동심원을 그린다
잔을 기울이면 문득,
이루어낸 것보다는 바라는 것이
바라는 것보다는 흔들리는 것이
더 많은 한 사람의 생애가
쌉싸래한 맛으로 혀끝에 감겨 온다
뜨거운 김과 함께 목구멍을 타고 든다

# 문

문을 여니 그 안에 또 문이 있구나
열린 아홉 개의 문은 보지 못한 채
닫힌 한 개의 문 앞에서 통곡했던 날들이 얼비친다
문을 닫으니 그 앞에 문
문을 여니 다시금 소리 없이 서 있는 문
문 밖에 나와도 겹겹이 서 있는 수없는 문 앞에서
나는 어느 손잡이를 잡아야 하는가
어느 문지방을 밟고 들어가야 하는가

# 아무도 가지 않으면 길이 될 수 없다

통굽 구두와 힙합 바지 꿰차고 찢어진 청바지를 즐겨 입는
것 마로니에 공원에서 기타를 치고 로데오 거리에서 물구나무
선 채로 브레이크 댄스를 추어도 남의 눈치 보지 않는 것

찢어진 바지로 바람이 솔솔
불어와 속살 간지럽혀도
아랑곳하지 않는 것
그것은 굽이굽이 흐르는
강의 흐름 같은 것
멀쩡한 큰길 놔두고
좁고 험한 곳으로 나아가는 일

사라진다면, 누군가 그런 사람 영영 나타나지 않는다면
이 세상 길이란 길이 이만큼 넓어지지는 않았을 테지

제3부

# 봄눈

둘째를 가졌다는 당신의 말이
이토록 고운 눈송이로 피어날 줄이야
오래도록 강심江心을 닮아온
수양버들 가지마다 새 움 돋아
하늘엔 온통
하이얀 색종이가 내리는 것 같아

때로는 세상이 빗장을 걸어도
찰랑거리는 강물 위로
높새바람 닻을 내린다 해도
길 열어줄 포근한 마음 있으니
봄에 내리는 눈 바라보며
오늘만큼은 가슴 부풀어도 될 것만 같아

# 아름다운 악보


아가야
네 이마 위엔 어쩌면 그리
맑은 세상 맺혀 있는지

이따금 바람 불어도
바람에
마당가 봉숭아꽃 우수수 져도
배시시 웃는 웃음마다
함초롬히 새잎 피어나
발그레한 꽃물 들어라

이따금 눈발 날려도
눈보라에
마른 삭정이 우지끈 부러져도
앵두입술 옹알이마다
연초록 새 움 돋아나
파릇파릇 봄물 들어라

뉘라서 알까 아가야

네 눈 속에서

해와 달이 떠오르고

네 옹알이 속에서

세상이 이제 막 깨어나는 것을

# 오래된 선물

둘째아이를 출산한 뒤 병원에서 퇴원하던 날
병원 복도에서 엘리베이터를 막 타려는 순간,
둘째아이는 젖 빠는 시늉을 하며 입술을 쪽쪽 빨았다
그 모습이 안돼 보였는지, 간호사가
문안으로 들어갔다가 젖병을 들고 나왔다
둘째는 힘차게 고무젖꼭지를 빨아댔다
젖병이 다 비워지자 아이는
이내 얌전히 잠이 들었다

둘째아이는 이미 제 어미 아비보다 커버렸지만,
아내는 그때 일을 떠올릴 때마다
늘 웃음 짓곤 한다

# 이 순간도 지나가리라
—비중격만곡증 교정수술을 받고

수술대 위에 오르면
세상은 저만치 둥둥 떠서
조금씩 멀어져 간다
투명한 유리로 들여다보듯
자맥질하는 이쪽과 저쪽
사이에 놓인 혼곤한 잠

마취가 풀리면
상처는 깨어나 무지근해지고
링거의 가느다란 관을 지나
정맥에 놓은 주사 바늘을 통해
들어오는 한 오라기 빙점

두 개의 코를 몽땅 막아놓은 약솜은
천 근의 무게를 지녔다
입술이 바짝바짝 마르고
미열에 두통이 찾아오는
이틀 밤낮을

온종일 입으로만 숨을 쉬다 보면
이불이 무겁다 천장이 무겁다 시간이 무겁다

새벽 3시
목구멍에 차오르는 피를 뱉으러 나갈 때마다
거실에 잔뜩 고여 있다가 발목을 휘감는 어둠
그 적요를 밟고 화장실로 갈 무렵
발바닥에 느껴지는 거칠고 성긴 어둠의 갈기
불을 켜고 세면기에 피를 뱉어내면
물줄기를 거슬러 휘돌며
끝내 소용돌이에 빨려 들어가지 않으려
물살 위로 맴돌던
내 육신의 한 점 붉은 슬픔이 보인다

# 빛이 있는 곳

모두가 퇴근한 사무실 캄캄한 복도 지날 때면
어디선가 뒷덜미 잡아당기는 손이 보이고
덜커덩, 유리창 뒤흔드는 어둠에도 발이 빠진다

삶이란 때때로 누군가에 의해 넘어지고
삐끗하면 휩쓸려 떠내려가는 것

하루 일 끝낸 늦은 저녁
층계참에 켜져 있는 형광등 아래로
터벅터벅 걸어가는 까닭은
흔들리는 불빛 너머 민들레 꽃씨처럼 흩날리는
내일이 있기 때문이다

보라
그 속에 희미하게 반짝이는 모음母音들의 자궁
지친 자음子音들을 일으켜 세울
기운찬 풀무질이 움트고 있나니

# 기러기 아빠

날이 갈수록 이녁 일 하기보다 남의 일 할 때가 더 많다
해가 갈수록 남의 해어진 일 솔기 다듬고 꿰매어 맞춰주는
손놀림 더 바쁘니
언제 이녁 손 기다리는 재 너머 사래 긴 밭 심마니 산삼
만지듯 어루만져 볼까
잰 발놀림으로 제 몸 날개털 몽땅 뽑아내어 고운 실 자아내던
학이라도 되고자 안달이 난 시간
오늘도 어김없이 늦도록 사무실에 틀어박혀

이루어지지 않은 기도에 번민하고, 변변한 일거리 하나
꿰차지 못한 채
품팔이에 분주한 몸놀림
뿌리칠수록 들러붙는 회한 덩어리 앞에서 신열을 앓는다
쏟아지는 잿빛 하늘 마지막 한 방울까지 그저 바라볼 수밖에
홀로 망부석이 되고 마는 저물녘

# 황사 날리던 날

어린이대공원에서 원숭이를 구경하고 오던 날
벚꽃나무 꽃대궁은 아직 어리고
서울은 소돔성마냥 낯설다
열두 해마다 찾아오는 윤삼월
그 문턱 누가 밟고 섰는지
천공에 뜬 태양을 누가 회색빛으로 자꾸 오리는지
누런 흙먼지 뿌옇게 깔리고 있다

# 일몰의 기억

잠수교 위를 지나면 알 것 같다 하루가 왜 저무는지 깜깜한 밤 인생의 등불이 어떻게 켜지던 검푸른 물 위에 어둠 풀어질 때 사람들은 깊은 속도의 그늘 속으로 빨려 들어간다 노을 지면 산비탈에 내려와 조그만 집과 창틀을 그러안는 그리움의 색깔들

흘러가는 건 물결만이 아니다
풍경도 세월도
사람과 더불어 흘러간다

한때 가슴을 불 인두로 지지던 젊은 날의 생채기도 쓰라린 눈물 훔치며 인파를 헤치던 열정의 숲도 이젠 더 이상 넘실거리지 않는다 다만 그것들은 이 세상 어딘가에 간직되어 있을 뿐 두꺼운 얼음 속 실개천이 흐르듯 살갗 아래 실핏줄이 흐르듯 아무도 기억하지 않는다 해도 저 혼자 흐르고 또 흐를 것이다

# 소 떼, 솟대

중절모 쓴 노인과 함께
삼팔선을 넘어가는 황소들

이 나라 녹슨
총칼 밟으며
철조망에
싯누런 똥 갈기며

백여 대의 트럭 위에서
흔들
흔들거리며 가는
그리움들

순하디 순한 소들아
평양에 간 뒤
함흥평야나 영흥평야에서
논두렁 밭두렁 갈아엎다가

남북이

만나는 날을 기려

萬風山에서 영흥만으로

天佛山에서 송전만으로

태백줄기 타고 온 산하에

모두들

솟대로 서 있거라

# 티베트 찻집

아는 사람과 차를 마시러 티베트 찻집을 찾았다
종로구 필운동 갈래길
소파 방정환이 다녔다는 교동초등학교 앞
원래 30년 넘게 문방구였다는
조그만 언덕배기 길 옆 티베트 찻집
아이들의 코 묻은 돈과 연필, 공책, 삼각자 따위가
필기구와 딱지와 팽이와 함께 건네졌을 집
두 평이 채 안 되는 좁은 공간
하얗게 페인트칠한 낮은 천장은 아늑하고
입구 기둥, 벽 모서리에 진열돼 있는 향꽂이 대나무
히말라야에 바치는 향이 가슴속에 스며든다
붉은 가사를 걸친 달라이 라마
검은 뿔테 안경 가득히 미소 짓는 모서리 앞
한 잔에 삼천오백 원 하는 차가
밑으로 갈수록 좁아지는 유리잔 속에서
열기 내뿜고 있다 그 속에서 언뜻
질식하는 티베트도 보인다
한때 개구쟁이 아이들의 맑은 꿈 영글었을

그 옛날 문방구 창턱 너머
티베트 고원 파란 하늘로
뜨거운 김 모락모락 피어오른다
산양 젖으로 만든 갈색 전통차
짜이짜이 파는 집

# 오대산에서

한 줄기 청명한 바람이 그립거든
강원도 오대산에 가 보라
거기
높은 산봉우리마다
눈 시리게 출렁이는 하늘에 발 담가 보라
그리하면
백 년 동안 아무도 만지지 못한 원시림
부끄러운 살갗
뭉클 발끝에 느껴질지니
문득 망망한 바다
두 손 가득 안길 테니

# 정선 몰운대

정선 가는 길
아우라지 동백 싸리골 올동백 메나리 가락
임계면 골지천 뗏목 따라 흐르던
꿈결인 듯 물결인 듯 출렁이는 그곳

세상이 통째로 기울던 먼 옛날
나라 잃은 충신들 훠이훠이 모여들어
고사리 송기죽 곤드레밥 먹던 두문동
석탄 백탄 타던 고한 탄광촌 지나
깊은 골짜기 다랑논 일구던 화전민촌 너머
막아서는 산허리 까마득하고
신비로운 구름 겹겹이 두른 곳

돌아보면 파도치는 봉우리마다
푸른빛 넘실거리는 곳
하늘나라 신선이 구름 타고 놀러왔다는 곳
천 마디 말 만 획의 글자도 빛을 잃는 곳

깎아지른 절벽 사이로 늠름히 서 있는
수령 오백 년 소나무와 삼형제 노송
옹이진 나라의 사직 묵묵히 굽어보고
한 뼘 땅뙈기에 평생을 바친 촌부들 끌어안으며
절벽 아래 깊은 소<sup>沼</sup>에 비바람 휘몰아칠 때
유구한 이 땅의 산과 강, 하늘과 바다의 내력
넉넉한 품으로 거두어들이던
거대한 출렁임을 아는가
운무에 휩싸이는 천지간
하늘 아래 첫 마루 몰운대를 아는가

제4부

# 모래바람 부는 사막에서

모래폭풍이 사막을 누비는 밤
미군 탱크와 다국적군의 대전차포가 하늘을 겨누는 밤
은빛 고기비늘 대신 빨간 조명탄이 명멸하는 유프라테스강
위로
고대 바빌론의 옛 성터에 스커드미사일이 거꾸로 처박
힐 때

지구 반대편
종로 보신각종 타종의 환호성과 축포란 다 무엇인가

지대공 미사일이 터지는 이라크의 흙집
아비규환의 절규가 곳곳을 울리는 캄캄한 밤

잿더미가 된 집 앞에서 오열하는 모하메드의 벌어진 입
사이로
두 다리를 잃은 낙타가 물 없는 오아시스를 향해 걸어
갈 때
평화와 번영이라는 말을 누가 함부로 입에 올리는가

슬픔으로 온몸 적시는 바그다드 여인의 차도르 위로
까맣게 타들어간 달빛이 자꾸만 미끄러지는 새벽녘

고장 난 텔레비전에서
전쟁의 노래가 끝없이 되풀이되는 유령 같은 대낮
누가 맨 정신으로 신께 감사기도를 올리는가
정의가 이겼다고 승리는 우리 편이라고
누가 헛웃음을 껄껄껄 웃는가

# 악의 축

어릴 적 육촌 형님은
얼룩무늬 군복에 선글라스 낀 얼굴로 웃고 있었다
월남 땅 야자수에 기대서서 한 손 허리에 얹은
꽤 멋있어 보이던 그 사진
아웃포커스 뒤로 들어가면
미군기가 독수리처럼 날아다니고
베트남 전사들의 비명이 포연 속으로 흩어졌지만
렌즈는 평화롭게 늘어진 야자 잎만 줌인 했다
따사롭고 고요한 햇살만 잡아냈다

스무 살 넘어 친구 따라 찾아간
송정리 미군부대 술집
코쟁이들 옆 양공주들의 치맛자락이
위태로워 보이던 저녁나절
가슴 깊게 파인 소매 없는 원피스 핫팬츠의 그녀들
등 뒤로 먹빛 성조기가 커다랗게 펄럭이고 있었다

무등산 자락이 포근히 감싸 안은 빛고을 광주에

때아닌 군인들이 찾아와 피에 주린 늑대처럼
젊은이들 머리를 곤봉으로 후려칠 때
탱크 앞세워 도청을 쑥밭으로 만들 때
동해안엔 미7함대가 떠 있었다
한국의 안보를 걱정하는 것이 아닌,
쿠데타를 일으킨 신군부를 지원하기 위함이었다
전남일보 앞 대자보에 적혀 있던 그 문구는
10여 년 후 청문회장에서 명백히 밝혀졌다
한 점 거짓 없는 명명백백한 사실로

모든 것이 밝게 드러난 지금 나는 묻지 않을 수 없다
미국은 우리에게 무엇인가라고
미선이 효순이를 캐터필러 밑에 깔아뭉개고
또 어느 곳으로 무한궤도를 질주하는가라고

한국전쟁 이후 어이없게 남북으로 갈라놓은 뒤
이 땅에 주둔하고 있는 미국은 가라고 한다 우리더러
전쟁터로 총알받이로 끝없이 떠나라 한다

김선일의 죽음 뒤 미국의 이라크 침략이 부당하다는
미 의회 보고서가 나온 뒤에도
이라크 침략전쟁의 대리자로 뒤처리 담당으로 하수인으로
될수록 많이 될수록 빨리 될수록 최신 무기로 중무장하여
아랍 민족의 상처 한가운데로 바그다드의 깊은 골짜기로
떠나라 떠나라 재촉하는 지금 나는
치미는 노여움으로 말한다
떠나야 할 자들은 정녕 당신들 아니냐고

칼로 일어선 자 칼로 망한다
인류사에 씻을 수 없는 죄를 지은 자는
바로 당신들이다
머리 풀어헤치고 땅을 치며 참회의 깊은 곳으로
뒷걸음쳐 가야 할 자들은 미 제국주의
바로 당신들, 악의 축 아니냐고

# 사북(舍北)에서 캐낸 이 땅의 불꽃

고생대 삼엽충이 진주처럼 박힌
해발 1500미터 주목 군락
때때로 침엽수림 사이로
태고의 지느러미 보이고
구문소의 용이 꿈틀거리는 곳

이 아름다운 산맥에서
수억 년 시간의 씨앗을 캐내
마을마다 불을 지펴주던 그리운 사람들
지하 갱도 막장 깊숙이에서
석탄 백탄 캐고 나르다가
신열 펄펄 끓기 시작하였다

몇 번의 뒤채임과 몸부림이 있은 뒤
사북의 하늘에 함성 소리 울려 퍼졌다
태백 준령만큼 드높아지고 싶던 사람들
구공탄처럼 숭숭 뚫린 가슴들 맞대어
그날만큼은 모두 다 용광로 한덩어리였다

일천구백팔십 년 4월이었다
목련꽃 힘겹게 피어나던 봄날
짐승이 아니라 사람이고자 했던 나흘 밤낮이었다

북쪽으로 석병산 노추산, 서쪽으로 가리왕산 중왕산 청옥산
남쪽으로 직운산 두위봉 백운산 예미산
동쪽으로 최고봉 함백산 고적산 중봉산 문래산 연봉들이
검은 땅 언덕 위 노도처럼 일어선 사람들을 지켜보았다
송천과 골지천이 합류하는 아우라지 나루터
오대천 동대천 동남천이 어우러지는 동강 너머
한없이 펄럭이던 자유와 영혼의 깃발이었다

꿈같은 나흘 동안 4천여 광부와 가족들
더불어 사는 세상을 노래하고자 했다
그러나 파쇼의 총부리에 스러진 날들

얼마나 많은 밤이 지나야

새벽이 올 것인가
얼마나 많은 파도를 넘어야
발 디딜 육지가 보일 것인가

한숨은 노래가 되고 절규는 천둥번개가 되어
사북 고한古汗. 직전稷田 골짜기를 가득 메웠다
출렁이는 노래 태백 줄기 타고
구로공단 부산 인천으로 마산 창원으로
빛고을 무등벌 광주로 치달아
마침내 햇살 눈부신 5월
온 세상 밝히는 불꽃이 되었다

# 고봉산에 다시 피는 꽃
──금정굴 진혼가

전쟁의 광풍이 이 땅에 휘몰아치던 1950년
평화롭던 마을에 피바람이 불었다
인천상륙작전으로 서울을 수복한 뒤
국군과 경찰, 우익 반공단체 태극단 단원들은 똘똘 뭉쳐
경기 고양, 파주 일대를 샅샅이 뒤져
마을마다 골목마다 사람들을 잡아가기 시작했다
그중에는
인민군들이 시켜서 수수 이삭, 벼 이삭을 센 사람도 있었고
단지 부역자의 친척이라는 이유로 끌려온 사람도 있었다
학교 가던 학생들도 교복을 입은 채로 끌려왔고
들판을 뛰어놀던 아이들도 영문 모른 채 잡혀와
철사로 손발 묶인 채 하루 동안 기둥에 묶여 있다가
탄현동 뒷산에 있는 금정굴로 끌려갔다 그중에는
치안대원들과 평소 사이가 좋지 않은 까닭에 지목당하여
창졸간에 부역자라는 낙인이 찍힌 사람도 있었다
평화롭던 마을에 피바람이 일었고
어제까지 형님 아우 하던 사람들이 원수가 되어
잡아가고 잡혀가는 아수라장이 되었다

그 수가 수백 명이라고도 하고 수천 명이라고도 했다
모두들 하루아침에 빨갱이로 둔갑해버린
참으로 모진 세월이었다
9·28 수복 전, 적극적 좌익 활동가들은 이미 월북하여
마을엔 그들의 가족만 남아 있을 뿐이었지만
총칼 앞세운 치안대원들은 아랑곳하지 않았다
야수 같은 눈빛 이글거리며 손가락으로 가리키면 그뿐이
었다
대한민국의 국군과 경찰, 그리고 치안대원들은
아무런 법적 절차 없이 끌려온 수백 명의 마을 사람들을
일제 때 파놓은 폐광, 금정굴 앞에 무릎 꿇린 채
밧줄로 굴비두름 엮듯이 묶어 총으로 쏘아죽인 뒤
차례차례 깊디깊은 굴속으로 던져버렸다
아, 이것이 정녕 사람이 할 짓이었던가
하늘도 땅도 피눈물을 삼키던 학살의 그날
중산마을, 잣골, 사당말에까지 총소리가 울려 퍼졌고
어디선가 악마의 소름끼치는 웃음소리가 들렸다
이 모습을 지켜보던 테미산 등성이의 봉화대는

저 혼자 슬픔의 봉홧불을 붙여, 밤새도록 타오르고 있었다
죽인 사람을 던져서 흙을 덮은 치안대원들은
또 사람을 죽이고 흙을 덮은 채 여러 켜로 쌓아
깊은 수직굴을 마을 사람들의 시체로 메워버렸다

이 일이 있고 나서 45년 만인 1995년
일백쉰세 구의 뼈가 발굴되자
온 세상이 금정굴을 주목하기 시작했다
하지만 그뿐, 진상조사는 이루어지지 않았다
명쾌한 진실을 드러내주는 이들은 아무도 없었다
학살이 있고 나서 유족들은 숨 한 번 제대로 쉬지 못했고
빨갱이 가족이라는 족쇄에 묶여
사람다운 대접조차 받지 못한 채 이 악물고 살아온
억울한 세월만 탓했다
백골이 세상에 나온 지 해 오랜 지금도
권력자들은 경제대국이 된 것만 스스로 뽐내며
금정굴의 진실엔 눈과 귀를 닫아걸고 있으니
슬프구나 넋들이여

하얀 뼛조각으로 햇살과 마주한 게 어찌 당신들뿐이겠는가
더 많은 무주고혼들이 금정굴 어디에선가
성석동 잣골 마을의 황룡산 어느 자락에선가
봉분도 묘비도 없이 한 줌 흙으로 뒹굴고 있지 않겠는가
아리따운 백제 미녀 한주와 고구려 태자가 사랑을 나눴
던 곳
전설이 이끼처럼 서린 평화로운 고봉산 자락 어디에선가
칡덩굴 나무뿌리와 더불어 얼크러져 있지 않겠는가
넋들이여
그날의 캄캄한 아비규환 생지옥의 단말마가 왜 일어났는지
이제는 밝혀내야 할 것이다
당신들에게 씌워진 누명과 굴레를 온 천하가 알도록
반드시 벗겨내야 할 것이다
하늘과 땅에 간절히 빌고 또 비나니
넋들이여 당신들의 원통함 씻은 듯 사라져
금정굴 천 길 낭떠러지에서 일어나기를
어두운 굴레 단번에 털어버리고
부디 새처럼 훨훨 날아가기를

햇살과 무지개로 찬란히 환생하기를

빌고 또 비나니 넋들이여

# 한반도 대운하 걷어치워라

헛소리다
땅만 파서 공사하던 솜씨로 삽질하던 근육으로
굴착기로 암반 뚫던 뚝심으로
쓱쓱 싹싹 자르고 이어붙이고 얼키설키 쌓아올리고
억지로 뚫고 막무가내로 넓히고
이 땅의 산천 경계를 끊고 지맥을 토막 내어
운하를 판다는 것은
새재 터널 뚫고 전국 4대강 수계 들쑤시고
한강에서 낙동강까지 경부운하를 만든다는 것은
개도 웃을 헛소리다
동해 서해 남해 멀쩡히 두고
힘들게 모래 채취하고 강둑 높이고
팔당 취수장 멀찌감치 위로 올리고
굽이치는 강물 흐름 단번에 바꾸기 위해
천혜의 숲 깎아지른 절벽 단풍 든 골짜기
통째로 밀어붙여 새 물길 만든다는 것은
누구 머리에서 나온 수작인가
알량한 물류 수송 위해 바지선 띄우면

만경창파 배 띄우던 옛 님들의 노랫가락
절로 울려 퍼지던 반월형 모래톱 어디서 찾을 것인가
헛소리다
강원도 태백시 대덕산의 제일 봉우리 금대봉 아래
해발 구백 미터 깊은 계곡에는
한강의 발원지로 이름난 검룡소가 있어
물이 솟아오르느라 땅을 울리고 바위를 뒤흔드는데
날마다 차갑고 맑은 물 콸콸 쏟아져 태백산 줄기를 따라
동쪽에서 서쪽으로 한반도의 허리를 가로질러
강화도 한강 하구에 이르는 천삼백 리의 기나긴 여정
지금도 지칠 줄 모르고 굽이굽이 쉼 없이 이어지는데
그 절경을 파헤쳐 운하를 판다니
우리 겨레의 뜨거운 숨결 틀어막고
이 땅의 오랜 생명의 젖줄 삽으로 뜨고 콘크리트로 처발라
갑문 12개 세우고 수중보 16개 만들고
강바닥 일률적으로 6미터쯤 긁어대느라
운하가 지나갈 예정인 553킬로미터의 강에
바위는 다이너마이트로 폭파시키고

고속도로마냥 반듯반듯하게 물길 일사천리 만든다니
그런 얼어 죽을 헛소리가 어디서 나온단 말인가
강을 감싸주던 산자락과 산 그림자 길게 이어지던 강물은
노을 진 강물에 은빛으로 흔들리던 갈대밭은
철새들 떼 지어 날던 낙동강의 거대한 장관은
강과 함께 나란히 이어진 논밭은
수몰민과 함께 흔적도 없이 사라질 것인가
북한강과 남한강이 만나는 양평 두물머리는
연인들의 밀어가 익어가는 대성리 둔치는
여주 신륵사를 휘감고 돌아가는 남한강의 유려한 풍치는
강천리 일대 모래톱과 자갈밭 위를 노니는 흰뺨검둥오리는
괴산 화양계곡에 자생하는 망개나무 군락지는
구미 해평 습지를 즐겨 찾는 황조롱이와 고니 떼는
한강 낙동강 금강 영산강에 남아 있는 습지는
강 유역에 둥지를 틀고 있던 오래된 문화유산은
고라니와 수달과 두루미와 청둥오리와 온갖 물고기는
운하와 더불어 어디로 쫓겨 가야 할 것인가
홍수가 범람하면 직선 도로로 물 밀어닥쳐

지진해일 못지않게 마을과 논밭 쓸어버릴 텐데
나랏돈 대거 축내 대재앙의 기틀 다질 것인가
헛소리다 그것은 반도국가인 우리나라가
천문학적인 돈을 투자해 경부운하 호남운하를 짓는다는
것은
잘 흐르는 물 가두어 둔 채 고인 물 만든다는 것은
썩은 물을 여과하고 정수하여 식수로 사용하라는 것은
수수만년 만들어진 물길을 엉뚱한 곳으로 흐르게 하는 것은
귀신도 못 속일 헛소리 헛수작이다
때는 이때다, 돈 냄새 맡은 기업들 컨소시엄 만들고
대운하 유역의 땅값 천정부지로 솟게 만들어
수년간 전국을 공사판으로 만든다 해도 다 못 이룰
파고 파고 또 파다 허리 꼬부라져 죽을
해괴한 건설공화국 뻔질난 불도저 수법일랑
서푼어치 세 치 혀 그만 놀려라 헛수작이다
한반도 대운하, 제발이지 그 망발 걷어치워라

# 한 송이 들국화
——노무현 대통령 영전에 바치는 弔詩

얼마나 가슴이 답답했으면
이른 아침에 홀로 길 떠나셨나요
얼마나 억장이 무너졌으면
부엉이바위 아래로 홀연히 몸 던지셨나요
얼마나 하고 싶은 말 꾹꾹 눌러 참았으면
푸른 힘줄 같은 유서 몇 줄만 남기셨나요
사람들은 당신을 바보라고 부르더군요
당신은 그 말이 제일 듣기 좋다고 했으니
진정 바보가 천성인 것만은 분명한가 봅니다
하기야 내세울 게 없는 농민의 아들로 태어나
가난을 옷처럼 뒤집어쓴 채 견뎌야 했고
평생 비주류로 그늘진 곳만 디뎌야 했으니
금 숟가락 입에 물고 태어난 자들의 눈에는
분명 당신이 바보로 보였겠지요
하물며 이 나라의 대통령이 되었을 때도
수구 세력들은 당신께 대놓고 야유를 퍼부었습니다
그렇습니다 당신은 바보입니다
당신의 정치 스승이 3당 야합으로 변절하자

당신은 원칙이 아니라며 스스로 가시밭길을 선택했습니다
으리으리한 권력의 부스러기를 쥘 기회마저 싹둑
단연코 잘라냈으니 바보가 분명 맞습니다
그뿐이던가요
많은 시련을 물리치고 마침내 권좌에 올랐을 때에도
당신은 눈 부라리지도 위세를 떨치지도 않았습니다
대통령이라면 으레 갖게 마련인 권력의 유혹을
마치 썩은 오물 버리듯 의연히 버렸습니다
당신은 또한 기득권에 앉는 것을 극도로 경계했습니다
그 때문에 당신의 행동거지는 말할 수 없이 가벼웠고
한때는 당신의 언행이 못마땅한 시민들로부터
외면당하고 손가락질을 받곤 했습니다
사실 당신의 원칙과 이상론이 너무 크고 앞서 나가는 것이
어서
때로는 이 나라 많은 사람들이 피곤함을 느꼈던 것도 사실
입니다
하지만 우리는 기억합니다
당신이 추구했던 민주주의와 평등 세상은

우리가 피 흘려 쟁취하고자 했던 고귀한 이상과 가치였음을
당신이 만들고자 했던 사람 사는 세상은
권력자의 총칼에 맞서 싸워 이룩하고자 했던 우리 모두의
꿈이었음을
우리는 당신이 가신 마당에 새삼 아프게 기억합니다
우리에게 큰 숙제를 짐 지운 채 먼 길 떠난 당신
우리에게 큰 그리움 남긴 채 홀연히 작별을 고하신 당신
당신이 세상에 남긴 침묵과 깊디깊은 탄식의 그늘이
바로 어제인 듯 뚜렷하게 우리에게 남아 있는 한
당신은 아주 간 것이 아님을 우리는 압니다
아직 우리는 당신을 영원히 보내지 않았습니다
아직 우리는 당신을 기억 속에서 지우지도 않았습니다
기울어가는 세상의 지평선과 사납게 일렁이는 풍랑 앞에서
우리가 형제들의 손을 잡고 어깨를 부여잡고 나아갈 때에
우리가 형편없이 부서지고 흔들릴 때엔 언제나 언제까지나
당신을 생각하겠습니다 당신의 환한 웃음을 떠올리겠습
니다
가장 낮은 자리에 선 채 나그네의 길동무가 되어주는

한 송이 들국화 같은 당신

그러나 이제는 편안히 쉬십시오

새벽 별 우러르며 일터로 떠나는 우리 발걸음에

신선한 향내 훅 끼쳐오면 당신이

우리 곁에 슬며시 다가오는 줄 알 테니까요

우리는 이제 우리 몫의 일들을 추슬러 보겠습니다

우리는 이제 지친 다리에 힘을 준 채 바로 서겠습니다

우리는 이제 처진 어깨를 곧추세워 당당히 견주겠습니다

우리에게서 광장을 빼앗은 저 견고한 차벽을 향해

우리로 하여금 굴종을 강요하는 저 음흉한 미소를 향해

우리의 간절한 추모의 마음마저 짓밟으려 하는 물대포와

가녀린 촛불조차 끄지 못해 안달이 난 곤봉과 군홧발을
향해

우리 모두의 강철 같은 푸른 꿈을 날리겠습니다

오월 어느 날 우리들의 행복한 기억을 일깨워준

그리하여 우리가 다시 한 번 한 발자국씩 전진해야 함을

그 소중한 깨달음 속에서 하나가 되게 해준

사랑하는 사랑하는 사랑하는

한 송이 들국화
우리들의 영원한 바보여

# 인동초의 노래
— 김대중 대통령 추모시


당신은 바다를 좋아했지요
아득한 수평선 지나 먼 하늘 보려고
물새들 벗 삼아 날마다 언덕에 오르던
꿈 많은 소년이었지요


일찍이 젊은 청해진 일구려 했던 당신은
세 번 쓴잔 끝에
유마의 심장 지닌 청청한 호민관이 되었습니다
유신독재의 칼바람에 맞서
장충동 백만 눈동자 쩌렁쩌렁 울린 적 있으나
당신은 오히려
현해탄 수장되어 고기밥 될 뻔했지요


서울의 봄 입김으로 불어 흩뜨리고
광주에서 화려한 휴가 즐기느라
무등의 햇발 무참히 짓밟은 신군부가
당신을 미리 낚아채 올가미 뒤집어씌웠을 때
사형수인 당신은 아름다운 유언을 남겼지요

"나는 곧 죽겠지만
1980년대엔 반드시 민주화가 되리니
내가 밀알이 되어 썩을지언정
결코 정치 보복은 하지 말아 주기를
이것이 나의 마지막 소망이니"

박종철과 이한열의 푸른 넋을 타고
황토현에서 수유리로 금남로에서 6월항쟁으로
백 년을 이어온 거센 물굽이가
당신의 유언을 현실 속 예언으로 바꾸었지요

생각은 거듭 신중하게 하되
행동은 날쌔고 힘차게 내딛는 호랑이 걸음
마침내 3전 4기 끝에 어진 대통령 되어
당신은 분단 50년의 아픔 달래 주었지요

온몸과 마음에 서린 한 다독이고 가라앉힌 뒤에

오래 다져온 신앙과 철학으로 비이성 걸러내어
당신은 진정한 용서와 화해를 실천했습니다
노벨평화상은 당신의 깊은 관용에 꽂아준
높은 향기였습니다

당신은 굴곡 많은 생애 동안
존경하고 사랑하는 동지이자 영원한 벗을 지어미 삼아
고난 속에서도 행복했습니다
다만 벼락 치듯 맞이한 봉하마을의 비극에
동지 잃은 슬픔을 아이처럼 엉엉 울다가
빛나는 발걸음에 마침표 찍었습니다

옳은 가치를 신념으로 삼은 일생
가도 가도 끝이 없는 절망의 길 탄하지 않고
오히려 도전으로 꿋꿋이 없는 길 내며
겨레의 어깨 부둥켜안았던 당신은
끝내 행동하는 양심으로 팽팽하더니만
캄캄한 침묵의 겨울 지나 인동초로 피어났습니다

# 무각사에서


무각사無覺寺에 가서
나는 왜 하필
무각수無角獸를 떠올렸을까


소리에 놀라지 않는 사자
그물에 걸리지 않는 바람
흙탕물에 더럽히지 않는 연꽃*
이슬방울에 온통 맺혀 터지기 직전,


광주 치평동 여의산如意山 자락
그해 봄 상무대 자리였던 무각사 옆
오월루 나선형 계단 경중 올라
허공 걸린 샘물 목 축이는


향기로운 짐승 하나 떠올렸을까


어린 오동나무 대나무 에둘러 서서
무등등無等等 법고 소리

가을귀로 듣는

해가 막 떠오를 그 무렵에

# 상처

자카리아 무함마드와 나는
7년 전 제주에서 처음 만났다
제주 4·3이 비로소 제자리 찾은 날
산굼부리도 중산간마을도
느껴 우는 돌멩이도 흙더미도
모처럼 더운 가슴들 만나 숨통 트였다
오래전 제주민들 지수화풍 되었지만
우리는 저마다 그 무엇이 되어
돌하르방 아래 모였다
자카리아 무함마드와 나는
머나먼 팔레스타인과 코리아
라말라와 광주를 품고 왔다
그의 가슴속에는 거대한 분리장벽이 서 있다
내게는 수십 년 넘게 둘러쳐진 철조망이 있다
아픈 사람은 서로를 알아보는 법
7년 만에 다시 만난 우리는
반갑게 손 맞잡고 어깨를 감싸 안았다
그는 나의 친애하는 벗이여, 나직이 말하며

두 팔 활짝 벌려 포옹해주었다
상처가 또 다른 상처와 만나고
벌어진 틈이 또 다른 틈과 만나는 순간이었다
나는 그에게
오래 묵은 아리랑 한바탕 불러주었다
노래하는 동안 황토마루와 고부의 산길 들길
아우내 장터와 명동촌의 평야와 언덕이 넘실거렸다
나의 친애하는 벗이여
부디 이 곡조를 타고 모든 굽이를 넘어가기를
부디 이 곡조를 품고 모든 고개를 넘어가기를

# 그날

2014년 4월 16일
배가 가라앉고 있었다
점심을 먹기 위해 막 자리에 앉은 순간
커다란 선체가 통째로 무너지고
텔레비전 화면이 서서히 기울어졌다

식당 안에 든 손님들은
웅성거림을 멈췄다
숟가락으로 막 밥을 떠먹다가
김치 한 조각을 젓가락으로 집다가
된장국을 후루룩 마시다가
모두들 얼음이 되었다

그날
아무도 구해내지 못했다 해경은
그날
배 안에 있는 단 한 명의 생명도 구해내지 못했다 정부는

그날

철쭉이 소스라치게 피고 지고

철쭉 뚝뚝 떨어진 자리에 장미꽃 붉게 피고 지고

장미꽃 으스러진 자리에 코스모스가 피고

가을비 소슬하게 내리는 동안

머지않아 국화가 서럽게 피어나려 하는 동안

바다에는 아직도 돌아오지 못한 이름들이

파도로 너울지고 있다

팽목항에 남겨진 가족들 갈가리 찢어진 가슴

괭이갈매기 울음소리에 섞여 흩날리는 나날들

아흐 고통의 새살들 날마다 징글징글하게 돋아나는

여전히 오늘인 그날

여전히 먹먹한

그날

# 푸른 꿈

너는 살고 싶다고 했지
기울어진 벽에 기대서서
쓰러진 캐비닛에 친구들이 깔리는 모습을 보며
비명 소리를 들으며
이게 꿈이었으면
이게 현실이 아니었으면
바라고 바라면서도
물이 차오르고
바닷물에 선생님이 휩쓸려갈 때
너는 머리칼 쥐어뜯으며 몸부림쳤지
"나는 살고 싶어! 여기서 나가고 싶어!"
가수가 되고 싶다던 너의 꿈
마음껏 소리쳐 담장을 넘고
집과 학교와 보이지 않는 규율
벽을 뚫고 하늘 높이 날아오르고 싶다던
너의 절규……
너의 얼굴 너의 발 너의 손가락
거꾸러지는 친구들의 허리와 등

넘어지고 미끄러지는 친구들의 모습이
휴대폰 금 간 액정 속에서
커다랗게 커다랗게 허공을 가르며 춤을 추었지
물속에 자꾸 잠기어 가던
그때 그 공간 속 모든 것들
어느 날 바닷속 검푸른 물결에 떠밀려 올라
세상 속으로 풀려 나오고 있었지
그것은
하늘 높이 날아오르고 싶어 하던 너의 바람
화면 속 네 눈동자에 얼비친 눈부신 갈망
천 개의 바람 수만 개의 바람으로 휘돌아
우리의 가슴을 울림통으로 만들어버린
깊고 깊은 천둥소리였지 세상을 두 쪽 낸
시퍼런 번갯불이었지

# 불타는 숭례문

610년 동안 우리의 자존심으로 남아 있던
이 땅의 상징 하나가 사라졌다
임진왜란과 병자호란 때도 건재했건만
한국전쟁의 참담한 시가전 때도 지붕 일부만 훼손된 채
늠름하게 서울을 지켰던 우리들의 역사가
2008년 2월 10일 밤중에 별안간 사라졌다
홍예문 위로 사다리꼴 우진각 지붕 위로
처음 연기가 치솟을 때만 해도 우리는
금세 화재가 진압될 줄로만 믿었다
설마 하니 지난날 강원도 양양의 낙산사처럼
설마 하니 지난날 수원 화성의 서장대처럼
완전히 잿더미가 될 줄은 꿈에도 몰랐다
하지만 한밤이 지날수록 불길은 잡히지 않고
지붕 처마를 받치는 공포 사이사이로
오색단청과 날아갈 듯한 처마 위로
팔작지붕에 나란히 서 있는 어처구니雜像 위로
불의 혓바닥 쉴 새 없이 날름거리자
수십 미터 높이로 연기와 불길 치솟자

설마가 현실로 둔갑하기 시작했다

하늘 향해 날렵히 올라간 지붕 위에서

2층 누각 아래 순백의 화강암 성벽 아래로

짙은 암갈색 검은 기왓장들이 마치 낙엽처럼

6백년 세월이 후두둑 떨어져 내리자

우리들 가슴도 걷잡을 수 없이 무너져 내렸다

우리가 기루는 것은

비록 왕후장상들의 세도 아래에서일망정

한껏 예술적 기량을 발휘했던 대목장과 도편수들의 마음
이다

우리가 꿈에서도 기루는 것은

아름드리 기둥과 대들보 위에 날아갈 듯한 처마와

화려한 다포多包 양식의 공포를 배치해놓은

신기에 가까운 목조건축 기술의 맑은 넋이다

을사늑약 이후 일제는

남대문의 북쪽과 남쪽 성벽을 헐어내는 만행을 저질렀지만

그 피눈물 나는 역사의 비운을 지켜본 숭례문은

세월이 가도 항상 그 자리를 지키고 있는

우리의 든든한 버팀목이었다

추사 김정희가 과천에서 한양 도성에 오를 때면

오래오래 그윽한 눈길로 바라봤다던 양녕대군이 쓴 현판

불길이 너울너울 캄캄한 밤을 사를 듯 솟아올라

세로로 쓴 현액現額마저 떨어져 깨어지자

우리들 마음에도 지울 수 없는 멍이 생겼다

새벽녘, 불과 다섯 시간 만에

불꽃 너머로 사라져

송두리째 시커먼 잿더미가 되고 만

수도 서울의 얼굴

숭례문崇禮門

제5부

# 모정

행여
사기그릇 유리잔인 양
깨어져 부스러질까
바람이 불어도 눈송이 날려도
살얼음판 한평생

# 운주사雲舟寺에 와서

운주사에 오면 축생도 인간 세상도
그저 한 소쿠리 속 돌멩이

잔솔가지 사이로 귀 기울이면
어디선가 낯익은 수런거리는 소리

돌아서면 와불臥佛 입술엔 듯
우련히 떠오르는 미소런만
북두칠성 바위마다 웬 한숨이며
석탑 아래론 웬 바람인가

건들바람에 날려 보내지 못한
가없는 번뇌의 크고 작은 저 돌, 돌들이
아승기겁阿僧祇劫에 싸인 천불천탑 되어
무량수불無量壽佛을 외우는가

시공간을 뛰어넘는 소리
그것은

모든 위대한 이름들 위에 우뚝 선 이

인간사를 못내 걱정하는

어느 거룩한 이의 발소리인가

# 양수리

추억은 추억 속에 있을 때에만 아름다운 법
태양 아래 자질구레한 일상사 속에
삼겹살 술안주와 함께 다가오지 마라
옛 사랑이여

낙엽송과 사철나무와 너도밤나무 아래에서 듣던
치르치르와 미치르*의 이야기도 이젠 살갑지 않다

풀여치 소리가 한창이던 무렵
너는 북한강을 향해 가던 날의 짙은 안개였고
나는 달무리 진 하늘을 빠르게 흘러가던 구름이었다

하지만 지금은 날 저물고 바람 또한 차다
양수리에 가니 안개와 구름 잦아들고
모든 것이 사라진 채 물소리만 가득했다

옛 사랑이여 이제는 네 왔던 곳으로 돌아가라
추억은 추억 속에 있을 때에만 아름다운 법

어둠 너머 부싯돌 맞부딪는 현생 인류처럼
나는 이 가파른 시절을 타고 앉아
기슭을 핥는 잔물결 소리를 듣는다

* 벨기에의 시인이자 극작가이며 수필가인 마테를링크가 쓴 희곡 『파랑새』의 두 주인공
  이름은 원래 틸틸Tyltyl과 미틸Mytyl이다. 그런데 과거 일본판을 중역하는 과정에서
  '치르치르'와 '미치르'로 국내에 소개되어 이 이름으로 널리 알려졌다.

# 오 마이 캡틴

한국인 아버지와 리투아니아계 미국인 어머니 사이에서
태어나 미국에서 첼로를 배우고 서울대 대학원에서 국악을
전공한 여성 박칼린샘*

커다란 눈망울 선한 얼굴이지만 무대에 서면 열정 넘치는
지도자

음정도 모르고 박자도 못 맞추는 오합지졸들 모아놓고 음이
틀리면 "플랫!" 딴청부리면 "나를 보세요!" 외치면서도 각지고
삐걱거리는 모서리 다듬어 둥근 원으로 하나 되게 만든 사람

합창을 통해 마음속 합심의 꿈 이루려는 격투기 선수 서두원
에게는 그 진심 믿어주고 두 명의 솔리스트 배다혜와 선우를
경쟁하게 해 화음의 중심축 확고히 세운 사람

합창경연대회나 상을 타는 것보다도 자기 자신에 대한 도전
이라는 더 높고 더 큰 목적에 의미를 둔 사람

음악으로부터 가장 먼 거리에서 살던 사람들 하나씩 중심으
로 모이게 해 화음 이루게 해준 사람

혼자 튀는 노래 실력보다 다른 이들과 더불어 호흡 맞추기를
몹시 바라는 사람 부드러운 카리스마로 모두 끌어안으며 목표

를 향해 끝까지 가게 만든 음악감독

　합창이 끝났을 때 단원들 엄지손가락 치켜들며 울먹이는
목소리로 "오 마이 캡틴!" 크게 외치게 만든, 그 눈물의 강에
모두가 합수져 흐르게 한 우리들의 누이

*　Kolleen Park은 1967년 5월 1일 미국 출생. 음악감독. 2010년 텔레비전 오락프로그램
　'남자의 자격 – 남자, 그리고 하모니' 편에서 합창 지휘를 맡은 지휘자. 단원들로부터
　'박칼린샘' 혹은 '칼린샘'이란 애칭으로 불렀다.

# 1997년 겨울

그해 겨울 불청객이 찾아왔다 그 무렵 꼭대기층 유씨가
실직하고 1층 김씨는 일자리를 알아보러 다녔다

자동차세도 못 낸 미장이 이씨의 고물차는 번호판 떼인
채 주차장에 박혀 있었고 시도 때도 없이 사채업자들은 장인어
른의 행방을 물었다 어디에 있느냐고 어금니 깨물며 두 눈
부라렸다

그들이 돌아가면 기다렸다는 듯이 카드 회사에서도 각종
은행에서도 장인 앞으로 된 최고장과 독촉장이 연거푸 날아들
었다

문 앞에 붉은 글씨가 몇 번 나붙은 뒤 해거름 녘, 불시에
찾아온 사채업자 어깨들 몇이 손주 어르던 어머니를 밀치고
불쑥 들어왔다 장인 올 때까지 기다린다며 침대 위에 벌렁
드러누운 그들

두 시간 동안의 점거가 끝난 뒤
집 안엔 거친 욕설과 부릅뜬 눈들이 떠다녔다

# 팔려간 낙타

몹시 목마른 사람이 있었다
강가에서 급히 물 들이키려 했으나 누군가가 그를 막아섰다
물을 마시려면 물값을 달라고 그가 말했다
먼 길 달려오느라 여비가 떨어진 그는
가르쳐주는 대로 도장 찍고 계약을 했다
비로소 물을 마실 수 있었던 그는 또다시 수만 리 길을
떠났다
길은 끝없이 이어지고 얽혀 또다시 강에 이르고
기한 지나자 물값은 금값으로 바뀌었다
타는 갈증으로 말라붙은 입술 축이던 그는
아끼던 한 마리 낙타, 팔고야 말았다
주위를 돌아다보니 거리엔 그와 같은 나그네들 천지였다

# 감포에서 하루를 열다

모래톱 핥으며 끊임없이 무리 지어 달려오는 파도 위
수평선 너머 청잣빛 하늘 멀리 갈매기 날아간다
물이랑 타고 쉬임 없이 비껴가는
새털구름 뭉게구름 사이로 고단한 계절을 적시는 가을 바다
뻘밭 선연한 발톱 자국에도 진저리치고야 마는
해안가 소금기 배인 바람 사이로 해조음 한 음절씩 깨물며
횡렬로 내딛는 아기 게들의 조그만 발걸음 소리

비로소
아침 열린다

# 독毒

유난히 춥던 그해 겨울
위층에 사는 부부는 맨날 싸웠다
늘 무언가 부수고 비명을 질러댔다
이듬해 봄, 그들은 보이지 않았고
얼마 후 낯선 사람들이 이사를 왔다
작달막한 키에 살품이 커 보이는 여자와
동글동글 감자 같은 남자에 아이 둘
그들 역시 짐을 풀자마자 티격태격했다
거친 욕설 함부로 내뱉었다
여자는 양철 조각 찢는 소리로
남자는 떡메 내리치는 소리로
시도 때도 없이 드잡이를 하곤 했다
폭우가 쏟아지는 여름에서 가을까지
계절의 모든 문턱마다 칼로 새기듯
모질게도 서로의 가슴 후비고
깊디깊게 대못 지르고 또 질렀다
뼈끝까지 시리던 그해 겨울

## <u>요요</u>

산동네에 이따금 안개가 끼면
멀쩡한 사람들 어디론가 증발하고
소문만 누룩처럼 부풀어 올랐다
어느 날부터인가
세탁소집 아낙이 보이지 않았다
그러고 보니 며칠 전 안개가 끼었다
사람들이 귓속말을 주고받는 동안
자고 일어나면 없던 말이 생겨났다
호기심은 어린아이 손에 들린
요요를 닮았다 실에 매달린 채
손아귀에서 무릎 근처까지
내려갔다가 다시 되감아 올라가는
낙차와 역류, 그 시한부 반복운동
호기심은 사람들의 입술 끝에서
귓바퀴로 눈동자로 옮겨 다녔다
구르며 뜀뛰며 날아다니다가
몇 가지씩 양념을 묻혔다
보름 후쯤 세탁소집 아낙이 앞치마 두른 채

묵은 먼지 털고 있는 아침볕에
요요가 수직으로 멈춰 섰다

# 그해 겨울의 빙판

걸음마 배우며 아장거릴 무렵 두억시니처럼 웅크린 그림자
하나 왼쪽 다리에 자국을 낸 그날 낯선 운명의 방문을 받았다
감나무 가지에 눈꽃 점점이 피어나던 섣달그믐날

세상은 온통 새하얀데 두 살배기 업고 무릎까지 푹푹 빠지는
시오리 길 걸어서 샛골 계 치러 가던 어머니는 작은 도랑께에서
빙판에 넘어졌지 그날 어머니 체중이 어린 삭신에 실릴 줄은
아무도 몰랐다

잘 놀던 아이가 울기만 한다고 혹시 배고픈가 감기는 아닌가
할머니 까실한 손으로 머리를 짚어 보고 어머니는 동네 약국마
다 가 보았으나 열만 펄펄 끓을 뿐 용하다는 의원은 다 만나보고
좋다는 약일랑 다 써 보고도 모자라 영험한 무당 판수를 불러
푸닥거리까지 해보았건만 걷던 일 잊어버린 채 방바닥만 기어
다니는 아이 바라볼 적 어머니 가슴은 날마다 썰물로 갈마들었
지 목포 큰 병원에서 의사가 왜 더 일찍 데리고 오지 않았느냐고
되물을 때 어머니 가슴에는 굵은 못 하나가 박혔다

긴긴 겨울 지나 눈석임물 천지를 울리던 날 수백 번 여린
몸짓 기우뚱거리던 아이 흔들, 흔들리며 낡은 문갑에 기대어
두 발로 일어설 때 어머니 눈에 맺히던 것은 무엇이었을까

허나, 평생 동안 가슴속 무수히 헤집어놓았을 그 못 미처 빼지도 못하고 남 몰래 흘린 피눈물이며 옛 기억의 샛골 얼어붙은 도랑가에 얼마나 많은 회한의 눈꽃 틔우고 또 틔웠는지 그해 겨울은 알고 있을까 그 후로도 오랫동안 이어져 온 봄여름가을은 또한 알고 있을까

# 부평초

집도 절도 없고 의지할 마누라도 없는
장인의 전화를 받으면 명치께가 무거워진다
기울어지는 자신의 그림자 일으켜 세우려
허청거리며 빚투성이로 살아온 세월
이슥한 밤
처진 어깨로 귀가하는 그를 보면
염색물 빠져 탈색된 은발
해초처럼 흔들거리는 걸음걸이를 보면
어쩔 수 없다 자욱한 물안개
발아래 감겨드는 것을

# 쇠사다리

여름 저녁나절 시골 간이역 앞에 살던 나는 철로 옆 급수탱크 위로 자주 올라 다녔다 수직으로 뻗어 오른 곳 한 발 한 발 오를 땐 등줄기 서늘해졌으나 둥그런 저수조 옆에 누워 하늘 바라보면 마음은 그저 푸근하기만 했다

깨꽃처럼 피어나던 별들 손바닥처럼 환히 들여다보이던 은하수 온 세상은 그저 고즈넉한 강물이었다 불빛 깜박이며 비행기 날아간 자리로 별똥별 몇 개 빗금으로 떨어져 내릴 때쯤 난간 아래 내려다보며 마음 한 줄기 서늘히 부서져 내리는 걸 은밀히 즐기던 유년의 기억들

그때로부터 멀리 떠나온 지금 청춘의 억센 갈기마저 희끗해진 뒤 옷깃 닿는 곳마다 가파른 길 조금이라도 어긋나면 추락하고야 말 내 지나온 모든 발자국들 영광보다는 상처 기쁨보다는 슬픔 저 멀리 소실점 위에 찍힌 채 아슬아슬 직립의 족적을 남기는

내려다보기 아찔한 허방의

옛적과는 완연히 다른
그러나 끝내 붙잡고 가야만 하는
검고 무거운
생과 사의 기나긴 경계

# 사막의 돌

중국 여행 다녀온 친구가 건네준 돌 하나
손바닥 안에 잡히는 평범한 돌
화강암 같기도 하고 조약돌 같기도 한
그저 투박하기만 한 돌덩이 속에서
희미한 소리가 들려온다

낙타와 대상이 지나가는 소리
사구砂丘 집어삼키는 모래바람 소리
중화의 깃발과 대치했던 숱한 유목민의 말발굽 소리
그 속에서 무수히 스러져간 별들의 소리

태곳적 혼돈 이후 오랫동안 바다였다던가
타클라마칸 모래언덕 밑바닥 유영하던 고대 생물이
하늘 땅 집어삼킨 지각변동 끝머리 화석으로 굳어져 오다
내 손에까지 들어와 돌멩이의 허파 어디쯤
비늘로 둘러싸인 아가미 잠시 들썩이는가 싶더니

들려온다

어디선가 큼큼 슴슴한 깊이 거느리고
타클라마칸 어느 귀퉁이에 놓여 있던 자그마한 돌맹이에서
또렷이 들려온다
아득한 시차를 훌쩍 타고 넘어
한순간 귓바퀴 흔드는 거대한 물소리

# 대합실

어머니를 뵈러 누님과 매형은
광주에서 일산까지 세 시간 반을 달려왔다
노인요양원 6층 방에는 침대가 여섯
제일 안쪽 벽을 차지한 어머니 손잡으며
누님이 자꾸만 말을 건넨다
어머니는 비 내리는 호남선을 듣고 싶다고 한다
남행열차도 듣고 싶다고 한다
방림동 누님 댁에서 크게 넘어진 뒤
요양원에 가신 지도 벌써 십 년이 넘었다
몇 년 전 우리 집에 모셨을 때
어머니는 거기서 배운 노래라며
고저장단 없이 흥얼거리셨다
처음 본 어머니 모습이었다
아흔셋의 어머니는 지금
어느 대합실에서 서성이는가 보다
호남선 선로에는 비가 내리고
남행열차가 미끄러져 들어오나 보다
어쩌면 이미 열차 안에 앉아

비 내리는 호남선을 물끄러미
남행열차 차창 밖을 물끄러미
쳐다보고 계시나 보다
어머니가
은은한 미소 지으며 손 흔드신다
우리도 손을 흔들며
여섯 개의 침대 사이를 지나
대합실을 빠져 나온다

# 개인과 사회와 시대가 지켜내야 할
# 순정성의 서정과 서사

### 이경철(문학평론가)

안 된다고 고개 저으며
좌절하는 사람에게는
지혜와 위로와 돈보다도
뼈를 심어줄 것
무너져 내리는 마음에 뼈를 넣고
일으켜 세울 것
주저앉으면 까마득히 높아지는 하늘
일어서면 성큼 다가서는 하늘
그 작은 차이가 세상이다
눈감고도 바라는 모양 그려낸 뒤
가슴속 심지에 불을 댕길 것
온밤 다하도록 불 밝혀
새벽 강을 건널 것

박선욱 시인의 네 번째 시집 『회색빛 베어지다』 시편들을 쭉 읽어가며 '진흙 속에 핀 연꽃'이란 말이 절로 떠올랐다. 흙탕물 속에 살면서 그 더러운 물에 오염되지 않고 오히려 정화시켜주며 맑고 향기롭게 피어나 부처님 대접 받는 꽃이 연꽃 아닌가.

어린 시절부터 이순이 되는 나이까지 시인의 본디 심성에서 우러난 시편들이 참 서정적이고 맑다. 흙탕물 같은 현실과 역사에 부대끼면서도 인간 본디의 꿈을 잃지 않고 있어 향기롭다. 무엇보다 그런 심성과 체험에서 우러난 순정성과 진솔함으로 우리 이웃과 시대에 희망을 주는, 개인과 사회의 순정성 연대기로 이 시집은 읽혔다.

위 시 「바라건대」를 보시라. 명령조 어조부터 개인과 이웃과 시대를 위무하며 힘차게 끌고 가고 있지 않은가. 그 명령은 시인의 체험에서 우러난 자신의 진솔한 다짐이기에 포용력을 넓히고 있다. 하여 개인과 우리 이웃과 시대가 지켜내야만 할 순정성의 맑고 향기롭고 힘 있는 연대기로 읽힌다는 것이다.

별빛만 보면 안다 언제든 수면 위로 떠오르고자
얼마나 많은 순간 견뎌냈는지

기나긴 가뭄 볼볕 형벌

늦장마와 홍수로도 어쩌지 못한
안으로 차오르던 네 울음

소쩍새 피나게 울던 밤
서늘한 바람결에 풀어놓던 그리도 영글던 노래를

별빛만 보면 안다 뻘투성이 늪 벗어나고자
타는 가슴 얼마나 많이 눌러왔는지

별빛만 보면 안다 오랜 기다림의 절정에서 피어나
마침내 빛으로 터져 나오는 신새벽
눈부신 향내를

—「부용芙蓉」 전문

오랜 기다림 끝 향내를 신새벽 밝아오는 빛처럼 뿌리며
피어나는 부용이 흙탕물 속 연꽃 아닐 것인가. 그 부용에는
개인과 이웃과 현실과 역사의 꿈과 좌절의 눈물, 아픔이 켜켜이
배어 있다. 그러나 그런 고통의 절정에서 피어나야 비로소
자신과 이웃과 사회를 맑고 향기롭게 밝힐 수 있다는 것을
보여주고 있는 시다.

시간의 부스러기 언 강 속으로 흘러갈 때
찬바람에 긴 머리칼 풀어헤치고

밑동이며 줄기 새까맣게 말라가던 수양버들
겨우내 땅속 뿌리 어딘가 우물을 파고
깊은 봄 퍼 올리느라 흘린 땀방울
얼음 녹을 때 가지 끝에 맺혀
새하얀 기지개 켜고 있으니

오늘 비로소 눈부시다
강가에 휘늘어진 수양버들
가느다란 가지 끝에서 끝으로
서리서리 역류하는 초록 빛줄기

　이 시집의 표제작인 「회색빛 베어지다」 부분이다. 제목이나
"서리서리 역류하는 초록 빛줄기"라는 마지막 행에서 반란의
기운이 역력히 묻어나는 시다. 겨우내 칼바람 속에 봉두난발
날리며 죽은 듯했던 수양버들이 봄이 돼 초록빛살 쏘아대는
것을 죽임의 잿빛 겨울 세상을 베는 것으로 보고 있다.
　시상 전개로 볼 때 부용과 연꽃과 연장선상에 있는 수양버들
을 그린 이 시에서는 이렇게 역류, 반란, 혁명정신을 읽을
수 있다. 시인의 어렸을 적 순정과 그런 순정을 잃지 않고
현실과 역사를 헤쳐 온 진솔한 체험이 이렇게 우리 사는 세상을
정토淨土로 가꾸려는 혁명의 서정과 서사가 한데 어우러진 시집
이 『회색빛 베어지다』이다.

# 순정한 사랑과 혁명을 향한 그리움의 서정

둘째를 가졌다는 당신의 말이
이토록 고운 눈송이로 피어날 줄이야
오래도록 강심江心을 닮아온
수양버들 가지마다 새 움 돋아
하늘엔 온통
하이얀 색종이가 내리는 것 같아

때로는 세상이 빗장을 걸어도
찰랑거리는 강물 위로
높새바람 닻을 내린다 해도
길 열어줄 포근한 마음 있으니
봄에 내리는 눈 바라보며
오늘만큼은 가슴 부풀어도 될 것만 같아

—「봄눈」 전문

이번 시집에는 '마음'을 드러낸 시편들이 눈에 많이 띈다.
위 시에서도 "강심"이라는, 발원지 샘의 깨끗한 물 그대로
흐르고픈 강의 마음 같은 시인의 마음이 그대로 드러나고
있다.

둘째아이를 가졌단 아내의 말이 누구엔들 위 시만큼 즐겁고
희망찬 소식 아닐 것인가. 세파에 아무리 시달린다 해도 이런

즐거움은 인지상정人之常情, 인간의 본심일 것. 그런 본디 마음의
즐거움을 제대로 드러내고 있는 시다. 천지운항의 순리에 따라
오는 봄에 저절로 새 희망의 즐거움 북돋듯이.

　그러면서도 그 희망이나 즐거움은 개인적 차원을 떠나 더
넓게 부풀어 오르고 있다. 빗장을 걸어오는 세상에서 가족과
이웃과 사회도 넉넉히 감싸줄 "포근한 마음"으로.

　　여름 저녁나절 시골 간이역 앞에 살던 나는 철로 옆 급수탱크
　위로 자주 올라 다녔다 수직으로 뻗어 오른 곳 한 발 한 발 오를
　땐 등줄기 서늘해졌으나 둥그런 저수조 옆에 누워 하늘 바라보면
　마음은 그저 푸근하기만 했다

　　깨꽃처럼 피어나던 별들 손바닥처럼 환히 들여다보이던 은하수
　온 세상은 그저 고즈넉한 강물이었다 불빛 깜박이며 비행기 날아간
　자리로 별똥별 몇 개 빗금으로 떨어져 내릴 때쯤 난간 아래 내려다보
　며 마음 한 줄기 서늘히 부서져 내리는 걸 은밀히 즐기던 유년의
　기억들

　　　　　　　　　　　　　　　　　　　　—「쇠사다리」 부분

　사다리를 타고 올라가 하늘의 별을 쳐다보던 어린 시절
때 묻지 않은 마음이 서정적으로 펼쳐지고 있는 시다. 밤하늘
별들처럼 펼쳐지는 순정한 꿈들은 그러나 그때부터 위태롭게
보인다. 수직으로 뻗은 쇠사다리를 기어오를 때 등골 오싹한

전율처럼.

　이번 시집에 실린 서정시편들은 원초적으로 이렇게 다 위태롭고 서늘하다. 감탄할 것을 제대로 다 감탄하지 못하게 하는 이웃과 시국에 대한 근심이 늘 서늘하게 서려 있다.


　　저 바다 기슭 고운 모래밭
　　천년을 두고 달려온 해무海霧


　　물새들 나래 접는 저물녘이면
　　산 같은 물너울로 일렁이다가
　　온밤 내 꿈도 없이 뒤척이다가
　　뼛속까지 차가운 울음 삼키더니


　　소라고둥마저 다 잠든 새벽녘
　　빈 하늘
　　붉은 햇덩이
　　투명한 가슴에 가만히 담아낼 즈음


　　타는,
　　마침내 바람결에 토해내는
　　저 해송海松 위 오랜 그리움
　　그대 향한 길고 뜨거운 노래

　　　　　　　　　　　　　　—「동해 해돋이」 전문

행과 연 나눔, 적당한 길이, 그리고 선택된 시어들로 누가 보더라도 단정한 서정시다. 서정시답게 그리움 등 원초적 정서를 노래한 연시戀詩로 읽힐 수도 있다. 그러나 "온밤 내 꿈도 없이 뒤척이다가 / 뼛속까지 차가운 울음 삼키더니"를 보면 "그대 향한 길고 뜨거운 노래"의 간절함이 개인적 연애시를 넘어서고 있음도 알 수 있다.

위 시에서 모래밭도 해무도 물새도 물너울도 바람결도 하늘도 소라고둥도 해송도 삼라만상이 모두모두 협력해 붉은 햇덩이를 밀어올리고 있다. 그렇게 떠올린 해가 "그리움"이 되고 "그대 향한 길고 뜨거운 노래"가 되고 있다. 이때의 그리움과 노래는 연인을 향한 것을 넘어 우주 삼라만상 뼛속까지 새겨진 설움을 걷어내고 무등하게 어울리는 화엄華嚴세상을 만들려는 의지로 나아가고 있다.

동백아
네 귀는 원래가 평평하였다지
빛깔도 처음엔 붉지 않았다지
네 앞에서 사랑을 맹세한
가난한 어부 내외가
정성스레 너를 가꾸어 줄 때까지는

어느 바람 거센 봄날

폭풍우 속 지아비의 배 뒤집히고
뱃고동 소리마저 물너울 속 스러진 날
동백아
네 귓바퀴는 붕대마냥 감겼다지
네 귓불엔 타는 노을 가라앉았다지

이튿날 날아온 도요새 한 마리,
부러진 노와 함께 떠다니던
지어미의 검정 고무신 한 켤레
그 속에 고인 눈부신 물 한 모금
동백아,
네 꽃잎 위에 울컥 쏟아놓고부터

그 뒤로 해마다 봄이 되면
동백아 너는 유달산 치맛자락마다
뜨거운 눈물
지천으로 흩뿌려 놓는다지

—「목포의 동백冬柏」 전문

목포역에 내리면 목포출신 가수 이난영의 '목포의 눈물'이란
노래가 울려 퍼지곤 했는데 이 시를 보니 목포에서 우는 것은
이별이 아니라 동백꽃인 것 같다. 지역에 전해 내려오는 설화인
양 동백이 왜 붉은지의 서사를 풀어놓으며 우리 민족의 핏줄과

역사에 흘러내린 원초적 한을 들려주고 있는 시다.

이처럼 이번 시집 속에 서정시로 좋게 읽을 수 있는 시편들에도 음풍농월吟風弄月로 흘릴 수 없는 뭔가가 긴장되게 묻어난다. 우리 민족의 핏줄에 각인된 원冤과 한恨이 오롯이 배어 있다. 그것이 시인이 겪어낸 우리 시대 왜곡된 현실과 맞물리며 혁명의 의지를 그리움, 뜨거운 노래로 환기시키고 있는 것이다.

### 시편마다 각인된 5·18 광주민주화운동의 사랑 정신

무각사無覺寺에 가서
나는 왜 하필
무각수無角獸를 떠올렸을까

소리에 놀라지 않는 사자
그물에 걸리지 않는 바람
흙탕물에 더럽히지 않는 연꽃
이슬방울에 온통 맺혀 터지기 직전,

광주 치평동 여의산如意山 자락
그해 봄 상무대 자리였던 무각사 옆
오월루 나선형 계단 경중 올라
허공 걸린 샘물 목 축이는

향기로운 짐승 하나 떠올렸을까

어린 오동나무 대나무 에둘러 서서
무등등無等等 법고 소리
가을귀로 듣는
해가 막 떠오를 그 무렵에

                    ——「무각사에서」전문

　절을 찾아 그윽하고 깊게 시상을 펼치고 있는 시다. 부처님의
말씀을 조각조각 모은 인도 초기 불교 경전『숫타니파타』를
인용하며 사자, 바람, 연꽃, 무각수처럼 기존 관념의 그물에
걸리지 않고 "허공 걸린 샘물 목 축이는" 각성이며 해탈의
지경을 넘보고 있다.

　그러면서도 1980년 5·18 광주민주화운동의 역사를 떠올리
고 있는 시이기도 하다. 시민들을 잡아다 개 패듯 패고 감금했던
"상무대"와 항쟁을 기념하는 "오월루"를 해탈의 상징인 무소
의 뿔 같은 "무각수"와 함께 떠올리며.

　이십대로 막 들어선 청년 시절 한창 때 직접 겪었던 5·18은
박 시인에게 무등등한 세계를 가꾸려는 혁명의 원상으로 각인
돼 있다. 1982년 제1회 실천문학 신인 공모에 당선되며 시단에
나와, 시와 실천의 온몸으로 5·18정신을 환기시켜오고 있는
시인이 박 시인 아니던가.

5월은 사랑이다
가장 여린 진달래 꽃잎으로부터 서서히 한 세상 열린
떨리는, 숨 막히는 사랑이다
그날 누가 이 연분홍 살결에 금을 그었는가

(중략)

흰옷 입은 목련들 정결히 서 있는 이 살가운 봄날
문득 그날의 일 떠올려보니, 붉은 꽃 연분홍 노래
순결한 대지에 흩어지던 그날은 바로
대지의 자궁에 씨앗을 심는 거룩한 파종의 날이었음을
해마다 되돌아오는 대지의 수레바퀴
그 속에서 활활 타는 샛노란 개나리 불붙는 진달래를 보며
문득 가슴 치며 깨닫는다
5월은 사랑이라고
그리하여 아직도 어둡고 그늘진 곳 불 지펴야 할
붉디붉은 사랑이라고

　　5·18 광주민주화운동 그날을 떠올리며 그 정신을 묻고 앞으
로도 이어나갈 것을 다짐하고 있는 시 「이 살가운 봄날에」의
처음과 마지막 대목이다. 시종일관하게 "5월은 사랑"이라고
확신에 차 반복하고 있다. 독재정권의 계엄군에 맞서 피를
붉게 뿌리며 광주시민들이 산화散花한 그날이 "대지의 자궁에

144

씨앗을 심는 거룩한 파종의 날"이라며 우주적 사랑의 행위로 묘사되고 있다.

그러면서 "아직도 어둡고 그늘진 곳 불 지펴야 할' 사랑이라며 그날 광주의 정신을 잇고 있는 시인이 박 시인이다. 이번 시집에도 6·25 때 민간학살로부터 4대강사업, 세월호 침몰사건 등 진상이 제대로 규명되지 않은 역사나 현실의 어두운 부분들을 서사적으로 각인한 시편들이 적잖이 눈에 띈다.

운주사에 오면 축생도 인간 세상도
그저 한 소쿠리 속 돌멩이

잔솔가지 사이로 귀 기울이면
어디선가 낯익은 수런거리는 소리

돌아서면 와불臥佛 입술엔 듯
우런히 떠오르는 미소련만
북두칠성 바위마다 웬 한숨이며
석탑 아래론 웬 바람인가

건들바람에 날려 보내지 못한
가없는 번뇌의 크고 작은 저 돌, 돌들이
아승기겁阿僧祇劫에 싸인 천불천탑 되어
무량수불無量壽佛을 외우는가

145

시공간을 뛰어넘는 소리

그것은

모든 위대한 이름들 위에 우뚝 선 이

인간사를 못내 걱정하는

어느 거룩한 이의 발소리인가

　　　　　　　　—「운주사雲舟寺에 와서」 전문


　화순 운주사에 가면 돌들이 참 많다. 장정들 몇십 명이 날랐을 큰 바위부터 아이들이 소쿠리로 날랐을 돌멩이들까지 제각각 그들의 솜씨로 부처님이 되거나 말거나 서 있거나 누워 있다. 그런 돌들이 부처님 되어 모두 다 일어나면 미륵 화엄세상이 된다는 절이 운주사다.

　그런 운주사에 가서 시인은, 사람들은 물론 축생 등 삼라만상이 제 본분 제 명대로 어우러지는 화엄세상을 염원하고 있다. 그렇게 되지 못한 우리네 인간사와 세상을 못내 걱정하며. 이처럼 박 시인의 시편들에는 광주 5·18정신이 혁명의 순정한 사랑과 염원으로 배어 있다.


## 자신과 이웃을 보듬어주는 순정한 본디의 마음자리


　잠수교 위를 지나면 알 것 같다 하루가 왜 저무는지 깜깜한 밤 인생의 등불이 어떻게 켜지는지 검푸른 물 위에 어둠 풀어질

때 사람들은 깊은 속도의 그늘 속으로 빨려 들어간다 노을 지면
산비탈에 내려와 조그만 집과 창틀을 그러안는 그리움의 색깔들

　　흘러가는 건 물결만이 아니다
　　풍경도 세월도
　　사람과 더불어 흘러간다

　　한때 가슴을 불 인두로 지지던 젊은 날의 생채기도 쓰라린
눈물 훔치며 인파를 헤치던 열정의 숲도 이젠 더 이상 넘실거리지
않는다 다만 그것들은 이 세상 어딘가에 간직되어 있을 뿐 두꺼운
얼음 속 실개천이 흐르듯 살갗 아래 실핏줄이 흐르듯 아무도
기억하지 않는다 해도 저 혼자 흐르고 또 흐를 것이다
　　　　　　　　　　　　　　　—「일몰의 기억」 전문

　　참 그립고도 적막하다. 날은 저물어가고 마을 집들에선 포근
한 그리움처럼 불빛이 켜지는데 아직 가야 할 길이 남은 나그네
심사. 시인의 개인적 서정이 올곧게 드러나고 있는 시다.
　　격동의 세월을 거쳐 오며 지난날을 가감 없이 회고하고
있는 이 시에도 "쓰라린 눈물 훔치며 인파를 헤치던 열정의
숲"이란 가투현장이 드러나고 있다. 지금 화엄세상을 만들려는
순정한 열정의 숲은 보이지도 않고 기억하려고도 않지만 핏속
에 각인된 그 순정은 영원히 흐를 것이란 각오도 드러내고
있다.

아무리 현실적 삶이 "변변한 일거리 하나 꿰차지 못한 채 / 품팔이에 분주한 몸놀림 / 뿌리칠수록 들러붙는 회한 덩어리 앞에서 신열을 앓는다"(「기러기 아빠」) 해도 아직 혁명의 정신, 순정한 사랑으로 가야 할 길이 있음을 이번 시집은 곳곳에서 보여주고 있다. 그런 사랑이 자신뿐 아니라 소외된 이웃들을 보듬는 따뜻한 위안과 힘이 되고 있음을 시편들은 보여주고 있다.

> 집도 절도 없고 의지할 마누라도 없는
> 장인의 전화를 받으면 명치께가 무거워진다
> 기울어지는 자신의 그림자 일으켜 세우려
> 허청거리며 빚투성이로 살아온 세월
> 이슥한 밤
> 처진 어깨로 귀가하는 그를 보면
> 염색물 빠져 탈색된 은발
> 해초처럼 흔들거리는 걸음걸이를 보면
> 어쩔 수 없다 자욱한 물안개
> 발아래 감겨드는 것을
>
> ─「부평초」 전문

부평초 같은 장인의 신세를 그린 이 시 참 서글프다. 아니 그 설움을 있는 그대로 보아내고 있는 박 시인의 시선이 참 따뜻하다. 이렇게 소외된 이웃, 대다수 민중들의 삶을 미화하거

나 강조하지 않고 자신의 체험을 있는 그대로 보여주면서
감동의 폭을 넓힘과 동시에 좀 더 세상다운 세상을 만들어나가
자는 순정한 사랑의 힘이 많은 시편들에서 배어나고 있다.

> 방금, 비행기 지나간 자리
> 가느다란 구름길 뻗어나간 자리
> 부푼 바람 안고 연 걸린 자리
> 논벌 가로질러 기찻길 휘어드는
> 먼 산 몇 겹으로 옅어지는 자리
> 하는 일이 잘 안 될 때
> 원망 섞어 흘겨보는 자리
> 비지땀 흘리며 이루려던 일 틀어질 때
> 고함지르며 삿대질하던 자리
> 애틋한 사람과 헤어진 뒤
> 방울방울 눈물만 가득 고이던 자리
> 애타게 바라던 일 이루어질 때
> 기쁨으로 심장 터질 듯하던 자리
> 지난 기억들 갈무리하며
> 터벅터벅 걸어가야 할 자리
> 빗줄기 쏟아져도 눈보라 휘날려도
> 거센 바람 온 세상 티끌로 날려버려도
> 끝내 거울처럼 닦으며 닦으며
> 온몸으로 가야만 할 자리

지친 하루 끝에 무지개가 뜨기를

바라고 바라며 두 손 모으는 자리

구멍 뚫린 가슴 위로 별 하나 떠서

어두운 골목 구석구석 비춰주기를

남 몰래 맘 졸이며 눈 맞추는 자리

—「하늘」 전문


유년 시절부터 쭉 올려다본 하늘을 그리고 있는 시다. 그 하늘에는 시인의 마음이 거울에 비친 듯 그대로 드러나고 있다. 어릴 적 순정적이고 서정적인 마음부터 세상에 나온 후 일희일비하는 마음까지. 그리고 다시 어릴 적 때 묻지 않은 본디의 마음으로 돌아가야 한다며 마음을 닦는 마음까지 그대로 드러나고 있다.

이런 마음이 어디 시인의 마음뿐이겠는가. 우리네 마음 또한 다 똑같지만 끝내는 닦지 못하고 순정성을 잃어가고 있는 마음들이 얼마나 많은가. 순정한 마음의 숲 같던 혁명동지들 또한 얼마나 많이 변절되어 가고 있는가. 그래도 박 시인은 순정한 인간과 세상의 길 밝히고 인도할 별 같은 마음 갈고 닦겠다고 결심하고 있는 것이다.

이 「하늘」이라는 시는 '일체유심조一切唯心造', 삼라만상은 다 마음이 지어낸 것이라서 모든 것은 마음먹기에 달렸다는 불교의 핵심인 마음이라는 고단위 추상을 구체적으로 보여주고 있는 시로도 훌륭하게 읽힌다. 그러면서도 마음의 본디자리,

순정성이 곧 세상을 바꿀 사랑의 힘이 된다는 데로 귀결될
정도로 5·18 광주민주화운동의 정신, 순정한 사랑에 바탕하고
있는 시집이 『회색빛 베어지다』이다.

> 모래톱 핥으며 끊임없이 무리 지어 달려오는 파도 위
> 수평선 너머 청잣빛 하늘 멀리 갈매기 날아간다
> 물이랑 타고 쉬임 없이 비껴가는
> 새털구름 뭉게구름 사이로 고단한 계절을 적시는 가을 바다
> 뻘밭 선연한 발톱 자국에도 진저리치고야 마는
> 해안가 소금기 배인 바람 사이로 해조음 한 음절씩 깨물며
> 횡렬로 내딛는 아기 게들의 조그만 발걸음 소리
>
> 비로소
> 아침 열린다
>
> ——「감포에서 하루를 열다」 전문

아기 게들의 조그만 발걸음 소리로 열리는 아침이라니, 참
조용하고 평화로운 세상이다. 진저리쳐지는 인간의 발걸음
소리 들리면 오지 않을 아침의 새 세상을 동해 감포 앞바다에서
서정적으로 꿈꾸고 있는 시다. 시인에게 각인된 5·18 광주민주
화운동의 순정한 사랑 정신으로 부디 그런 세상 앞당겨 시에서
삶과 서정의 아름다움과 깊이를 온전히 구가할 날 기대한다.

ⓒ 박선욱, 2018

회색빛 베어지다

초판 1쇄 발행 2018년 07월 25일

지은이 박선욱
펴낸이 조기조
펴낸곳 도서출판 b

등록 2006년 7월 3일 제2006-000054호
주소 08772 서울시 관악구 난곡로 288 남진빌딩 302호
전화 02-6293-7070(대) 팩시밀리 02-6293-8080
홈페이지 b-book.co.kr 이메일 bbooks@naver.com

ISBN 979-11-87036-62-3    03810

값_10,000원

* 이 책 내용의 일부 또는 전부를 재사용하려면 저작권자와
   도서출판 b 양측의 동의를 얻어야 합니다.
* 잘못된 책은 교환해 드립니다.